Vente des Mardi 11 et Mercredi 12 Juin 1889

43, RUE DE BERLIN, 43

A DEUX HEURES UN QUART

BEAU MOBILIER

XVIᵉ et XVIIIᵉ siècles

OBJETS D'ART

TENTURES. TAPISSERIES. TAPIS

EXPOSITIONS

PARTICULIÈRE	PUBLIQUE
Le Samedi 8 Juin 1889	Le Lundi 10 Juin 1889
DE 1 H. 1/2 A 5 H. 1/2	DE 1 H. 1/2 A 5 H. 1/2

Mᵉ Paul AULARD	M. A. BLOCHE
COMMISSAIRE-PRISEUR	EXPERT
Rue Saint-Marc, 6	Rue de Châteaudun, 25

PARIS — 1889

IMPRIMERIE MAULDE ET RENOU

A. MAULDE & Cie

IMPRIMEURS DE LA COMPAGNIE DES COMMISSAIRES-PRISEURS

Rue de Rivoli, 144

CATALOGUE

D'UN

BEAU MOBILIER

Époques et de Styles XVI° et XVIII° siècles

Salle à manger Renaissance de Kriéger
Salon Louis XIV en velours de Gênes et bois sculpté
Sièges en brocart, Piano à queue de Pleyel
Chambres à coucher Henri II et Louis XVI

TENTURES, TAPISSERIES, TAPIS

BRONZES D'AMEUBLEMENT, FERS FORGÉS DE BERGUE

GROUPE EN MARBRE DE BLANCHARD

Porcelaines, Faïences, Curiosités

LE TOUT GARNISSANT UN APPARTEMENT

43, RUE DE BERLIN, 43

OU LA VENTE AUX ENCHÈRES PUBLIQUES AURA LIEU

Les Mardi 11 et Mercredi 12 Juin 1889

A DEUX HEURES UN QUART

Me Paul AULARD	M. A. BLOCHE
COMMISSAIRE-PRISEUR	EXPERT
Rue Saint-Marc, 6	Rue de Châteaudun, 25

EXPOSITIONS

PARTICULIÈRE	PUBLIQUE
Le Samedi 8 Juin 1889	Le Lundi 10 Juin 1889
DE 1 H. 1/2 A 5 H. 1/2	DE 1 H. 1/2 A 5 1/2 H.

NOTA. — *Le présent Catalogue servira d'entrée à l'Exposition particulière.*

CONDITIONS DE LA VENTE

Elle sera faite au comptant.

Les Acquéreurs paieront CINQ POUR CENT, en sus des enchères.

L'Exposition mettant le Public à même de se rendre compte de l'état des Objets, aucune réclamation ne sera admise une fois l'adjudication prononcée.

DESIGNATION

ANTICHAMBRE

— Portière en tapisserie à personnages en costumes époque Louis XIV, fond de paysage. Encadrée de drap bleu gendarme, bordée de franges.

2 — Décoration de baie en satin jaune à rayures multicolores, garnie de franges assorties, avec embrasses.

3 — Beau Porte-Manteaux et Parapluie d'aspect architectural en bois de noyer sculpté, orné de cariatides, avec patères forme dauphins en cuivre poli, style Renaissance.

4 — Deux Coffres-Banquettes Renaissance en bois sculptés, ornés de montants à cariatides, avec cartouches à écussons au centre.

5 — Bahut à hauteur d'appui, forme rectangulaire en bois sculpté du xvie siècle orné sur la façade de quatre cariatides.

6 — Miroir biscauté avec cadre en bois noir guilloché, Louis XIII.

7 — Miroir biscauté avec cadre en bois sculpté et doré Louis XIII.

8 — Deux Chaises et un Fauteuil à dossiers carrés en noyer, couverts de panne verte, ciselée et bouclée, dessin xvie siècle.

9 — Lanterne forme à pans en cuivre, poli et repercé, style xvie siècle, de Bergue.

10 — Deux Lanternes d'appliques vénitiennes en fer forgé et doré, xvie siècle.

11 — Deux bras d'appliques à deux lumières en bronze, style Louis XVI.

12 — Grande Jardinière en faïence de Gien, décor bleu.

13 — Huit Plats et Assiettes en faïences diverses françaises et autres.

14 — Tapis fond blanc à fleurs et ornements couvrant l'antichambre.

SALLE A MANGER

—

15 — Portière en ancienne tapisserie représentant la *Chasse aux Canards*, bordure à fleurs et ornements, relevée par une cordelière avec gland.

16 — Décoration de Window en étoffe brochée, partie fond vert, partie fond rouge avec draperie, garnitures et cordelières assorties.

17 — Beau Meuble en noyer sculpté à corps plein au centre et étagères à balustrade sur les côtés, avec fronton supporté par des colonnes détachées, style Renaissance, de Kriéger.

18 — Buffet à deux corps, le haut partie vitré, le bas s'ouvrant à portes pleines en noyer sculpté, faisant pendant au meuble précédent, style Renaissance, de Kriéger.

19 — Dressoir-desserte de même style, de Kriéger.

20 — Table carrée, de même style, à cinq allonges, de Kriéger.

21 — Douze chaises en noyer sculpté, couvertes en cuir ciselé, style Renaissance, de Kriéger.

22 — Deux petites Tables-dessertes à tablettes se rabattant, même style.

23 — Deux petites Étagères d'appliques, en bois sculpté, galerie à jour.

24 — Grande Jardinière en bois sculpté, Renaissance, offrant sur la façade des médaillons à sujets mythologiques et des cariatides.

25 — Deux Supports en bois sculpté à figures d'enfants et grands ornements, style Renaissance.

26 — Suspension à une lampe et douze bougies en fer forgé et découpé à jour, style Renaissance, de Bodart.

27 — Deux Chenêts en fer forgé, même style, de Bodart.

28 — Paire de Girandoles à neuf lumières en fer forgé, style Renaissance, de Bodart.

29 — Paire de beaux Bras d'appliques à quatre lumières en fer forgé, style Renaissance, de Bergue.

30 — Belle Pendule avec son socle d'applique en marqueterie de cuivre et d'écaille, richement garnie de bronze, époque Louis XV.

31 — Service de table de Longwy, décor genre Japon en bleu.

32 — Service de table en porcelaine blanche.

33 — Plats, Assiettes, Cornets, Vases, Jardinières en faïences anciennes et modernes (sera divisé).

34 — Médaillon rond en cuivre repoussé, représentant un bélier dans un paysage.

35 — Carpette fond rouge à dessins d'arabesques, genre persan.

GRAND SALON

---

36 — Bel Ameublement, style Louis XIV, en noyer finement sculpté et rehaussé d'or par partie, couvert en velours dit de Gênes, fond blanc d'argent à grands dessins vert. Il se compose d'un canapé, quatre fauteuils et quatre chaises.

37 — Deux belles Décorations de fenêtres, en même étoffe, avec cantonnières à draperies, garnies de passementerie, embrasses et glands assortis.

38 — Deux paires de Rideaux transparents en soie rouge, garnies de franges avec embrasses.

39 — Table de salon en noyer sculpté, avec pieds ralliés par un croisillon, style Louis XIV.

40 — Six Chaises en bois sculpté Louis XIV, foncées de canne, partie rehaussées d'or.

41 — Deux grands et beaux Fauteuils à hauts dossiers, en bois sculpté et doré, couverts en brocart d'argent fond vert, dessin à fleurs, fruits et feuillages, époque Louis XIV.

42 — Belle Table en bois sculpté, fond noirci, dessin relevé d'or orné de coquilles, d'enroulements feuillagés et de fleurs, pieds avec dauphins enroulés, ralliés par un croisillon, dessus en marbre vert veiné, Louis XIV.

43 — Piano à queue en palissandre et bois noir sculpté. de Pleyel.

44 — Dessus de piano en ancien brocart fond blanc, à
fleurs, encadré de soirie verte, garni de franges.

45 — Tabouret de piano en noyer sculpté, couvert de
tapisserie fond blanc à fleurs, style Louis XIV.

46 — Deux petites Tables à jeu en bois laqué, fond
jaune, décor à fleurs, Louis XV.

47 — Rouet avec garniture ivoire Louis XVI.

48 — Table à jeu en noyer ciré, incrusté d'étain, style
Louis XVI, de Sauvresy.

49 — Belle Armoire à deux battants, en bois d'ébène
sculpté, offrant un bas-relief de nombreux
sujets allégoriques aux jeux et aux travaux des
amours, encadrés de moulures à ornements ou
guillochées, époque Louis XIII, sur socle en
peluche rouge.

50 — Étagère à deux plateaux en bambou laqué.

51 — Console en bois sculpté et doré, dessus en
marbre brèche d'Alep, époque Louis XIV.

52 — Beau Groupe en marbre blanc : *L'Éducation de
l'Amour*, de Blanchard.

53 — Deux Lampadaires en noyer sculpté rehaussé
d'or, style Louis XIV.

54 — Deux Lampes en marbre rouge, richement garnies
de bronzes ciselé et doré, de style Louis XIV,
de Sévenier.

55-56 — Deux jolies Glaces de différentes grandeurs, avec cadres à frontons en bois sculpté et doré, époque Louis XIV.

57 — Deux très belles appliques Régence en bronze poli, modèle à cariatides d'amours très ornées et finement ciselées, avec bras à deux lumières.

58 — Deux belles Appliques à trois lumières en bronze ciselé, modèle à mascarons sur cartouche de feuillages, style Louis XIV.

59 — Deux Girandoles, époque Louis XIV, en cuivre poli, garnies de cristaux taillés.

60 — Deux petites Glaces avec cadres en bois sculpté et doré, époque Louis XIV.

61 — Joli Lustre en ancien cristal de Bohême taillé, orné de plaquettes et de pyramides Louis XIV.

62 — Deux Chenêts pyramides ornées de mascarons en bronze doré, époque Louis XIV.

63 — Miroir oriental avec cadre en broderie.

64 — Meuble d'appui, décor genre vernis Martin à fleurs sur fond vert, style Louis XV.

65 — Berceau formant jardinière en vernis Martin, décor, sujets allégoriques et trophées d'étendards.

66 — Soufflet décor genre vernis Martin à fleurs, encadrement à rocailles relevées d'or.

67 — Vase en faïence de Deck, fond bleu turquoise, forme chinoise.

68 — Tapis fond rouge, dessin à arabesques, style persan, couvrant le salon.

69 — Deux Ecrans chinois en broderie.

PREMIÈRE CHAMBRE A COUCHER

70 — Beau Lit en noyer sculpté à quatre colonnes supportant un dais, fond à fronton, garniture; bandeaux et couvre-pieds en granité vert et velours rouge ciselé, style Henri II.

71 — Grande cheminée monumentale en bois sculpté, partie à jour, dessin à balustres et rosaces ornée dans le haut d'un portrait de femme en riche costume xvi° siècle et dans le bas d'un bandeau en même étoffe que la garniture du lit.

72 — Deux Décorations de croisées en même étoffe, style Henri II.

73 — Grande Bibliothèque à trois portes en bois sculpté à colonnes torses et encadrements guillochés, style Louis XIII.

74 — Quatre Châssis de croisées garnis de vitraux peints, sujets moyen-âge.

75 — Beau Meuble à deux corps s'ouvrant à quatre portes et à deux rangées de tiroirs, dessin à ornements et mascarons, avec colonnettes détachées sur les côtés, époque Henri II, sur socle couvert en granité rouge.

76 — Petite Table en noyer à quatre pieds ralliés par un croisillon, de Sauvresy, style Henri II.

77 — Deux grands Fauteuils en noyer recouverts de tapisseries à petits personnages et ornements au point et au petit point, parties anciennes, époque Louis XIII.

78 — Quatre Chaises à hauts dossiers recouvertes en tapisserie dans le même goût.

79 — Fauteuil de bureau en bois sculpté foncé de canne dorée, époque Louis XV.

80 — Deux Chenêts en cuivre poli, style ancien.

81 — Deux Torchères d'autel en cuivre poli Louis XIII.

82 — Lampe en cuivre à quatre branches avec accessoires, Louis XIII.

83 — Petit Lustre avec lampe en cuivre poli, style XVIᵉ siècle.

84 — Lampe liseuse nickelée à deux branches.

85 — Grès, Faïences, objets divers (sera divisé)

86 — Tapis fond rouge, dessein genre oriental, couvrant la chambre.

DEUXIÈME CHAMBRE A COUCHER

87 — Joli Lit avec baldaquin, supporté par d'élégants
rinceaux en bois sculpté et rechampi de blanc,
d'époque Louis XVI en majeure partie, avec
tentures et rideaux en toiles bleu ornée d'ap-
plications à fleurs, garnis de franges et avec
embrasses assorties.

88 — Deux Paire de Rideaux de croisés avec lambre-
quins en même étoffe, galeries en bois sculpté
rechampi de blanc, style Louis XVI.

89 — Belle Chaise longue en deux parties en bois
sculpté, recouverte de satin rose broché et
rayé, Louis XVI.

90 — Deux Chaises d'époque Louis XVI, en bois
sculpté, couvertes en paille, avec coussins, en
ancienne tapisserie de Beauvais dessin vases de
fleurs encadrés de guirlandes de fleurs.

91 — Chaise à dossier, forme lyre en bois sculpté,
rechampi de blanc, couverte en même tapisserie
de Beauvais.

92 — Fauteuil en bois finement sculpté du temps de
Louis XVI, couvert de tapisserie fond blanc à
médaillon corbeille fleurie, guirlandes et nœuds
de rubans, style Louis XVI.

93 — Coussins en tapisserie, dessin à rayures et fleurs.

94 — Deux Coussins en brocart d'or, fond bleu'
Louis XV.

95 — Coussin long en brocart, dessin tissé or et
argent.

96 — Glace biseautée avec cadre à fronton en bois
sculpté et doré à nœud de rubans et guirlandes
de fleurs, style Louis XVI.

97 — Très jolie Table à ouvrage du temps de
Louis XVI en marqueterie de bois offrant dessus un médaillon trophée de musique sur fond
à semis de trèfles à quatre feuilles et festons.
sur les quatre faces, des vues de ville forte et
des paysages, encadrés de bois de rose.

98 — Bureau s'ouvrant à dos d'âne, avec tiroirs
dans le bas, en bois rose, palissandre et marqueterie de bois à fleurs, orné de bronzes.
époque Louis XVI.

99 — Table forme rognon en bois rose, palissandre et
marqueterie à fleurs, époque Louis XVI.

100 — Armoire à deux portes en bois rose et palissandre, orné de bronzes, époque Louis XVI.

101 — Petit Cabinet en bois noir, orné d'incrustations
d'ivoire, Louis XIII.

102 — Paire de bas d'appliques à deux lumières en
en bronze doré Louis XVI.

103 — Deux Chenêts en bronze doré, vases côtelés sur
.   pieds à guirlandes Louis XVI.

104 — Paire de Flambeaux en bronze Louis XIV.

105 — Grand Tapis persan dessin polychrome, encadré de moquette bleue.

OBJETS DIVERS

106 — Commode Louis XVI en bois rose.

107 — Bergère en bois sculpté, Louis XVI.

108 — Coffre sur table en bois sculpté, xvi siècle.

109 — Meuble en bois sculpté, travail ancien breton.

110 — Meubles divers modernes et de style.

111-130 — Pendules, Porcelaines, Faïences (sera divisé).

131-140 — Literie, objets divers.

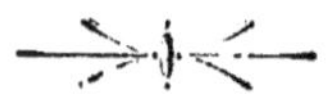

A. Maulde et Cie, imprimeurs de la Compagnie des Commissaires-Priseurs, rue de Rivoli, 144.   500—97-400